■ 글벗시선 237 최교수's 한줄노래

돌담 최기창

도서출판 글벗

캘리 디자인 윤주태

최교주's 힐링드라마

시 가 :歌
전

통달 · 최기창

『시가전』을 내며(컵라면 덮개)

최기창

충남 천안 출생, 강원 원주 거주
문학박사(특수교육학), 경영학박사
현, 상지대학교 교수
저서 : 돌담한줄1,2, 인생한줄 웃음한줄,
　　　사랑한줄 마음한줄, 가족한줄 계절한줄

시집을 봤어요
쓰레기로 버려진 제 시집을...
집어 들고 왔어요

시집은 멀쩡했어요
내 마음 버리듯 책상에 던졌어요
컵라면 먹고 싶어졌어요

시집을 보다가 새로운 용도를 발견했어요
컵라면 덮개랍니다

이제부터 제 시집의 용도는 컵라면 덮개랍니다
새로운 용도랍니다

제 시집의 용도는 이제부터 컵라면 덮개랍니다
새로운 용도랍니다

차례

제2장 돌담긴줄 노래

제1장 돌담한줄 노래

나무에겐
거름을

사람에겐
걸음을

개구리

개구리의
사랑 노래

꾸르릉 꾸르릉
꼬로롱 꼬로롱

입이 열리네
봄이 열리네

거기서 거기

너는
거기서 거기

나는
여기서 여기

너는 너대로
나는 나대로

거기서 거기지
여기서 여기지

겨울밤

겨울밤
이로구나

별마저
춥구나

가난해진
느낌이로구나

9월이 오면

이번 여름 나는 뜨겁게 살았다
내버리며 살았다

지난 여름 나는 외면하고 살았다
거침없이 살았다

9월이 오면 따뜻하게 살 거다
조심조심 살 거다

가을에 나는 바라보며 살 거다
주섬주섬 살 거다

복지 시대

눈 복지 코 복지
얼굴 복지 몸매 복지

복지 시대다
복지 시대야

애인 복지 가족복지
복지 경영 복지국가

복지 시대다
복지 시대야

사는 거지

헷갈리며 사는 거지

그렇게 사는 거지
그렇게 사는 거야

주저하며 사는 거야

그렇게 사는 거야
그렇게 사는 거지

사람에겐 걸음을

나무에겐
거름을

사람에겐
걸음을

성묘

자주
오너라

자주
오너라

죽어서
오지는 말고

씨의 노래

뿌려요
꽃씨를 뿌려요

예쁜 꽃 피어나게요

심어요
마음씨를 심어요

고운 마음 떠오르게요

언제쯤 나는

언제쯤 나는 자신 있게 나설 수 있을까
언제쯤 나는 자신 있게 말할 수 있을까

언제쯤 나는
언제쯤 나는 자신 있게 외칠 수 있을까
언제쯤 나는 자신 있게 저항할 수 있을까

언제쯤 나는
언제쯤 나는 비굴하지 않을 수 있을까
언제쯤 나는 내 삶에 저항할 수 있을까

얼씨구 절씨구

얼씨구 절씨구
얼의 씨를 구하자

이 얼씨구 저 얼씨구
이 얼씨 저 얼씨

얼의 씨를 구하라
얼의 씨를 구하자

얼씨구 좋구나
절씨구 좋구나

운장산

코로 맡은 보약, 운장산의 맑은 공기
귀로 듣는 보약, 운장산의 바람 소리

눈으로 보는 보약, 운장산의 멋진 경치
몸으로 느끼는 보약, 운장산의 짙은 향기

코로 맡은 보약, 귀도 듣는 보약
눈으로 보는 보약, 몸으로 느끼는 보약

운장산의 보약들
운장산의 기억들

운탄고도

구름을 타고 바람을 타고 운탄고도 걸어요
시를 타고 꽃을 타고 운탄고도 걸어요
노래를 타고 사랑을 타고 운탄고도 걸어요

운탄고도 걸어요

영월을 타고 모운동 타고 운탄고도 걸어요
광부를 타고 화절령 타고 운탄고도 걸어요
함백을 타고 태백을 타고 운탄고도 걸어요

운탄고도 걸어요

자유롭고 싶다

자유롭고 싶다 재배로부터
자유롭고 싶다 들꽃들처럼

자유롭고 싶다 사육으로부터
자유롭고 싶다 야생동물처럼

자유롭고 싶다 지배로부터
자유롭고 싶다 자유인처럼

전화를 끊을 때쯤

전화를
끊을 때쯤

잊지 않고
말해 주었던

어머니의
격려 말씀

"오늘도 좋은 날 되여"

찔레 고향

찔레순 올라오면
봄나물이 나오고

찔레꽃 피어나면
모내기가 시작되던

내 고향
찔레 고향

초승달

만삭을 기다리는
초승달

아마도
태명은
보름일 거야

보름일 거야

블루로드

봉화를
올려라!

푸른 길
비추게

바다를
울려라!

파도가
춤을 추게

친구

걷기 힘들 때
지팡이 같고

갈길 모를 때
이정표 같은 친구

나 외로울 때
손잡아 주고

나 괴로울 때
지켜봐 주는 친구

하늘 바다

하늘에 뜬 구름 섬
바람에 흘러가고

바다에 뜬 바위섬
파도에 쓸려가네

하늘과 바다가
하나가 되네

하루 마음

해를 기다리는
아침처럼

달을 기다리는
저녁처럼

하루를 기다리는
나의 마음

혹시

혹시 나는
세상을 너무

복잡하게 사는 건 아닐까?

혹시 나는
세상을 너무

단순하게 사는 건 아닐까?

그런 거여

들키지 않으면 되는 거여?
그런 거여?

잡히지 않으면 그만인 거여?
그런 거여?

정말 그런 거여?

기우(杞憂)

무겁게
사시나요?

그럼
가라앉을 텐데요

가볍게
사시나요?

그럼
날아가실 텐데요

꽃님아

꽃님아!
너는 네가 이쁜걸

알기나 하고
이쁜 거니?

알기나 하고
이쁜 거야?

나비

봄 나비 한 마리
꽃바다에 누워

사랑을
헤엄치네

꽃바다에 누워
사랑을
헤엄치네

널 사랑해

꽃이 피면 꽃이 펴서
꽃이 지면 꽃이 져서

사랑해

꽃이 펴서 사랑해
꽃이 져서 사랑해

널
사랑해

농부

철든 농부
철없이 일을 하고

게으른 농부
철 따라 일을 하네

다 컸다고 생각해

다섯 살 아이는
다 컸다고 생각하고

쉰 살 어른은
멀었다고 생각하지

다섯 살 아이는
다 컸다고 생각해

쉰 살 어른은
멀었다고 생각하는데...

당부

뵈는 거 없이
너무
휘두르지 마세요

제발요

보이시면
어쩌시려고요

들러리

벗꽃에
묻혀

사진을
찍었네요

들러리
섰네요

마음의 노래

마음을 주는 대신
얻으려고 한다면

마음 구걸이고

마음을 얻는 대신
훔치려고 한다면

마음 도둑이지

목련

나무에서 피는
연꽃

나무 연꽃이었구나!

바쁜 이유

내 나이 젊어선
일이 많아 바쁘더니

내 나이 들어선
일이 느려 바쁘구나!

그렇구나!
일이 느려 바쁘구나!

봄눈으로요

봄날이
옵니다

볼 날이
가깝네요

봄눈으로요

봄나들이

이 봄이
참인지

산도 보고
들도 보고

물에 손도
담가 보네

봄 아침

아침을
걸어요

봄을
먹어요

봄바람

봄바람에
화들짝

꽃눈
깨웠네요

봄비 소리

봄비 소리
들려오네
봄비에 녹는 소리

밤빗소리
들려오네
밤비에 녹는 소리

봄비 얼굴 그려보네
밤비 얼굴 그려보네

봄비 소리2

봄비
소리

겨울이
녹는 소리

몸을
푸는 소리

봄이 들려요

한들한들
바람결에

봄이 들려요

나긋 나릇
꽃눈으로

봄이 보여요

봄 타기

나비는
꽃을 타고

소녀는
바람을 타지요

불두화

해맑은
동자승

둥근 머리
수줍게

부처님을
기다리네

산속 비밀

겨우내
열렸던

산의 문이
닫히네

산속 비밀
시작되네

산의 노래

봄날엔 꽃들에게
여름엔 나무에게

가을엔 단풍에게
겨울엔 흰눈에게

내어주고
내어줘도

그저 그냥
웃는구나!

삶에게

누더기로
멍 졌어도

저렴하진
말아야지

새는

날고 있는
저 새는

어디로
가는 걸까?

갈 곳은
정한 걸까?

속물

점점
더
뻔뻔해져

두려움마저
잃을까...

겁이 나

하루 해님

술에 젖어 만났네요
물에 젖은 아침 해님

일에 젖어 만났네요
땀에 젖은 밝은 해님

푸욱 젖어 만났네요
별빛 젖은 저녁 해님

씻어 가며 덮어 가며

씻을 게 많아지면
비가 내리고

덮을 게 많아지면
눈이 내리지

씻어 가며
덮어 가며

그렇게
사는 거지

오늘 같은 내일

오늘 같은 내일을
기다린다면
다행이지요

올해 같은 내년을
기다린다면

더
다행인 겁니다

우리라서

산이라서
귀하고

물이라서
소중하듯

너라서
귀하고

우리라서
소중하다

인내

또
참는구나!

참아온 게
아까워서...

꾹
참는구나

참아온 게
아까워서...

인생을

인생을
승부처럼 산다면

구경꾼만
재밌습니다

닭

야생 닭이
행복할까?

양계장 닭이
행복할까?

자유의 대가는
위험일까?

속박의 대가는
안전일까?

동백을 보다가

나무에게도 삶이 버거워질 때가 있을까?
나처럼 하루하루 버거울 때가 있을까?

동백에게도 삶이 귀찮아질 때가 있을까?
나처럼 살아가기 귀찮을 때가 있을까?

아무렇지 않은 듯
내색하지 않은 채 말없이 서 있구나!

삶이 버겁고 귀찮기도 할 텐데
나처럼 버겁기도 귀찮기도 할 텐데

일편단심(一片丹心)

강물이
마른다고

바다마저
마르리

찬바람
분다고

저 하늘이
흔들리리

자식

젖먹이 땐
엄마만 빨더니

밥먹이가
되고 나선

애비까지
빠는구나!

태백산

살아 천년 사랑하고
죽어 천년 사랑하리

태백산 주목처럼

살아 천년 영원하고
죽어 천년 영원하리

태백산 제단처럼
태백산 하늘처럼

인생을 과거에 걸면 서글퍼

인생을
과거에 걸면
조금은 서글퍼

인생을
미래에 걸면
너무 조급해져

인생을
지금에 걸면
매우 진지해

제2장 돌담긴줄 노래

오늘의 외로운 눈물
그대 만날 그날을 위해 삼켜두고

내 오늘 고독한 시간
그대와의 밀어를 위해 즐겨 맞으리

오늘의 하고픈 말
그대와의 밤샘을 위해 숨겨 두며

내 오늘 보고픈 맘
그대와의 포옹을 위해 참아내리라

다행이잖아요

이루기란
참 어렵지요

포기하기란
더 어렵답니다

참지 않는 하루가
어디 있나요?

하루를 참아서
내일이 있는 것을

익을 때까지
견뎌 낸 열매만이

영근 씨앗을
품는다지요

그래도 참
다행이잖아요

내일이 있는
오늘이라서

골고루 사랑

사랑이 물이라면 깨끗한 사랑
사랑이 불이라면 따스한 사랑
사랑이 바람이면 상큼한 사랑

아— 이런 사랑 해 보고 싶네
골고루 하고 싶네
아— 이런 사랑 골고루 받고 싶네

사랑이 강이라면 잔잔한 사랑
사랑이 산이라면 미더운 사랑
사랑이 바다라면 넘치는 사랑

아— 이런 사랑 해 보고 싶네
골고루 하고 싶네
아— 이런 사랑 골고루 받고 싶네

사랑이 바위라면 영원한 사랑
사랑이 샘이라면 끝없는 사랑
사랑이 나무라면 꾸준한 사랑

아— 이런 사랑 해 보고 싶네
골고루 하고 싶네
아— 이런 사랑 골고루 받고 싶네

사랑은

사랑은 저장할 수 없어
쉽게 배가 고프고
사랑은 백신이 없어
금방 맘이 아파요

사랑은 코스모스 같아서
작은 바람에도 흔들리고
사랑은 모래사장 같아서
금세 목이 말라요

사랑은 곧잘 참고 견디며
흔들려도 쓰러지지 않고
사막 같은 갈증에도
변함없이 꿈을 꾸지요

사랑은 퍼내도 퍼내도
마르지 않고
사랑은 담아도 담아도
넘치지 않아요

사랑은 먹어도 먹어도
부르지 않고
사랑은 곪아도 곪아도
상하지 않아요

오늘의 외로운 눈물

오늘의 외로운 눈물
그대 만날 그날을 위해 삼켜두고
내 오늘 고독한 시간
그대와의 밀어를 위해 즐겨 맞으리

오늘의 하고 싶은 말
그대와의 밤샘을 위해 숨겨 두며
내 오늘 보고 싶은 맘
그대와의 포옹을 위해 참아내리라

오늘의 귀중한 시간
그대와의 행복을 위해 미뤄 두고
내 오늘 즐기고픈 맘
그대와의 파티를 위해 남겨두리

오늘의 내 모든 기억
그대와의 추억을 위해 새겨 두며
내 오늘 희망의 노래
그대와의 합창을 위해 접어 두리라

(후렴)
내가 좋아하는 당신은 내 마음의 안전기지
내가 사랑하는 당신은 내 마음의 푸른 하늘
내가 보고 싶은 당신은 내 마음의 맑은 샘물
살아 천년 사랑하고 죽어 천년 사랑하리

당신은 꽃님처럼

당신은 꽃님처럼
하늘만 보고 있네요
나는 당신을 보고 있는데

당신은 바람처럼
스쳐만 가는군요
나는 당신을 맞고 있는데

내 하루에 들어온 임
임 하루에 들어간 나

마음이 보고플 땐 눈을 감아요
마음이 노래하는 시가 보여요

마음을 듣고플 땐 귀를 닫아요
마음이 그려내는 사랑이 들려요

당신은 꽃님처럼
하늘만 보고 있네요
나는 당신을 보고 있는데

당신은 바람처럼
스쳐만 가는군요
나는 당신을 맞고 있는데

알면서도

알면서도- 알면서도
다행인 줄 알면서도
더- 다행이고 싶네

알면서도- 알면서도
넘치는 줄 알면서도
더- 넘치고 싶네

이만하면 잘 사는 거지
아쉽기야 하다 마는
더- 넘치고 싶네

알면서도- 알면서도
욕심인 줄 알면서도
더- 욕심내고 싶네

알면서도- 알면서도
행복인 줄 알면서도
더- 행복하고 싶네

이만하면 잘 사는 거지
아쉽기야 하다 마는
더- 행복하고 싶네

사랑엔 없는 거야

사랑엔 없어 없는 거야
사랑엔 없어 없는 거야

사랑엔 눈이 없어
보이지 않아도 볼 수가 있고
사랑엔 귀가 없어
들리지 않아도 들을 수 있어요

사랑엔 크기가 없어
아무리 커도 담을 수 있고
사랑엔 깊이가 없어
아무리 깊어도 갈 수가 있어요

사랑엔 시간이 없어
놀아도 놀아도 지치지 않고
사랑엔 문이 없어
잠가도 잠가도 열 수 있어요

사랑엔 없어 없는 거야
사랑엔 없어 없는 거야

비가 오는 날이면 눈이 오는 날이면

비가 오는 날이면
창밖의 그림도 음악처럼 들리고

눈이 오는 날이면
찻집의 노래도 그림처럼 보인다네

해 맑은 생각으로
달 밝은 마음으로

먹은 마음 뱉지 말고
잡은 마음 놓지 말고

수리수리 마하수리
수리수리 마음수리

비가 오는 날이면
창밖의 그림도 음악처럼 들리고

눈이 오는 날이면
찻집의 노래도 그림처럼 보인다네

해 맑은 생각으로
달 밝은 마음으로

눌러 보세요

갖고 계신 희망 자판기를 눌러보세요
희망이 나올 겁니다

밤하늘에 별꽃이 가득한 것은
꿈이 하늘에 있기 때문일 겁니다

갖고 계신 행복 자판기를 눌러 보세요
행복이 나올 겁니다

밤거리에 불꽃이 가득한 것은
꿈이 거리에 있기 때문일 겁니다

밤하늘에 별꽃이 가득한 것은
꿈이 하늘에 있기 때문일 겁니다

밤거리에 불꽃이 가득한 것은
꿈이 거리에 있기 때문일 겁니다

희망 자판기를 눌러 보세요
행복 자판기를 눌러 보세요
희망이 나옵니다
행복이 나옵니다

꿈이 하늘에 있기 때문일 겁니다
꿈이 거리에 있기 때문일 겁니다

버스를 탔어요

버스를 탔어요
바다로 가는 버스를 탔어요

목적지에 도착하면
이 버스는 누군가를 가득 태우고
다시 산으로 갈 거예요

난 당신이 내 맘인 줄 알았어요
내가 네 맘 아닌 건 벌써 알았지만요

점점 뻔뻔해져만 가요

두려움마저 잃을까 겁이 나요

버스를 탔어요
산으로 가는 버스를 탔어요

목적지에 도착하면
이 버스는 누군가를 가득 태우고
다시 바다로 갈 거예요

아무리 미워도 죽기까진 바라지 마세요
화해할 기회가 없어지잖아요

우리의 인생이 누더기로 멍 졌어도
저렴하진 말아요

손

잡은 손엔 사랑이, 잡힌 손엔 믿음이
남다른 아이랍니다, 특별한 아이랍니다
제 아들은 자폐성 장애랍니다

우동이 먹고 싶어, 고속도로 들어가고
컵라면이 먹고 싶어, 100대 명산 오르는
남다른 아이랍니다, 특별한 아이랍니다

먹고 있는 라면이 줄어들어 슬프고
몰래 먹은 빈 봉지도 제자리에 갖다 두는
남다른 아이랍니다, 특별한 아이랍니다

잡은 손엔 사랑이, 잡힌 손엔 믿음이
남다른 아이랍니다, 특별한 아이랍니다
제 아들은 자폐성 장애랍니다

강아지 밥 주는 일, 쓰레기 버리는 일
머리 깎고 봉투 사고, 정해져 있지요
남다른 아이랍니다 특별한 아이랍니다

엄마보다 예쁜 여자, 이 세상에 많지만
아들보다 예쁜 녀석, 본 적이 없답니다
남다른 아이랍니다 특별한 아이랍니다

잡은 손엔 사랑이, 잡힌 손엔 믿음이
남다른 아이랍니다, 특별한 아이랍니다
제 아들은 자폐성 장애랍니다

더 병입니다

살아갈수록
점점 가릴 곳이 많아지네요
다리도 뱃살도 속마음까지도요

솔직히 저는 겉물만 든 게 아닙니다
속물까지 깊숙이 들었답니다
더- 더- 더 병입니다

한 번 더 하고 싶고
조금 더 얻고 싶고
더- 더- 더 병입니다

한 발짝 더 딛고 싶고
한단 더 오르고 싶고
더- 더- 더 병입니다

한 잔 더 마시고 싶고
한마디 더 뱉고 싶고
더- 더- 더 병입니다

솔직히 저는 겉물만 든 게 아닙니다
속물까지 깊숙이 들었답니다
더- 더- 더 병입니다

노래처럼 그림처럼

양보받아 살면서
단 한 번의 양보가 이리도 어렵구나!

용서받아 살면서
단 한 번의 용서가 그리도 어렵구나!

신세 지며 살면서
단 한 번의 배려가 이리도 어렵구나!

덕택으로 살면서
단 한 번의 베풂이 그리도 어렵구나!

노래는
악보대로 부르지만
그려내듯 불러야 듣기에 좋고

그림은
제멋대로 그리지만
노래하듯 그려야 보기에 좋지

인생은
때론 악보처럼 정해진 대로 살고
때론 그림처럼 자유롭게 사는 거라네

냉커피 빨대에서 쪼옥 소리 나면

냉커피 빨대에서
'쪼옥' 소리 나면 다ー빤 거다
그런 느낌이 내게서도 난다

어제가 내게 물었어
'잘 견뎌 낸 거지?'

오늘이 내게 물었어
'잘 버텨 낼 거지?'

내일이 내게 물었어
'꼭 올 거지? '

잘해보려 살지만 잘못하며 살고
보람차려 살지만 후회하며 살고

행복하려 살지만 고민하며 살고
해내 보려 살지만 포기하며 살고

냉커피 빨대에서
'쪼옥' 소리 나면 다- 빤 거다
그런 느낌이 내게서도 난다

연령 인생

10대가 되면 다 컸다고 믿고
20대에는 마음보다 몸이 앞서지
거북이는 달릴 때가 위험하고
토끼는 걸을 때가 위험하지요

30대가 되면 남들도 내 맘 같다 믿고
40대에는 알지도 못하면서 소신만 있지
마음은 소신 인생인데
몸은 묻어 인생이 되지요

50대가 되면 아직도 젊다고 믿고
60대에는 2모작 의욕만 넘치지

나이 질을 하고 나면
나잇값이 폭락하지요

70대가 되면 돈보다 자식을 더 믿지
80대에는 보약과 맹 신앙에 빠지지
젊어선 남을 믿지 못하고
들어선 나를 믿지 못하지요

90대가 되면 세상 걱정에 잠 못 들고
100대에는 친구 따라서 저승을 가지
뒷동산에 올라서
앞동산을 바라보네요

뒷동산에 올라서
앞동산을 바라보네요

지옥에도 인권은 있을까요?

그토록 험하다는
지옥에도 인권은 있을까요?
내 방귀는 구수하고 네 방귀는 구린 세상
들키기 전까지는 자기 말이 진실인 세상

그토록 험하다는
지옥에도 인권은 있을까요?
북은 공포정치이고 남은 정치 공포인 세상
꿩 대신 닭을 잡고 자랑만 하는 세상

그토록 험하다는
지옥에도 인권은 있을까요?
새 친구를 얻으려 옛 친구를 버리는 세상
자기를 돋보이려 경쟁자를 깎는 세상

그토록 험하다는
지옥에도 인권은 있을까요?
빈틈없이 산다고 꽉 막혀 사는 세상
비굴이 아주 흔한 생존 기술인 세상

그토록 험하다는
지옥에도 인권은 있을까요?

어디 없나요

사랑보장 보험 이런 보험 어디 없나요?
이런 보험 꼭 한번 들고 싶네

마음보장 보험 이런 보험 어디 없나요?
이런 보험 꼭 한번 들고 싶네

믿음보장 보험 이런 보험 어디 없나요?
이런 보험 꼭 한번 들고 싶네

사랑믿기 힘든 세상
보험으로라도 보장받고 싶네

마음믿기 힘든 세상
보험으로라도 보장받고 싶네

믿음믿기 힘든 세상
보험으로라도 보장받고 싶네

사랑보장 보험
마음보장 보험
믿음보장 보험

이런 보험 어디 없나요?
이런 보험 한번 들고 싶네

꼭 한번 들고 싶네

울 엄마

엄마가 울고 있네요
나보곤 울지 말라 하면서 엄마는 울고 있네요
가로수가 호두나무인 내 고향 그곳에는
울 엄마가 있어요 호두주름 울 엄마

엄마가 살고 계신 엄마 집이자 내 고향에서
엄마가 손을 흔드네요
달콤한 호박죽도 둘이 나눠 먹었지요
구들 대신 보일러가 화로까지 대신한 방!

모자가 이불속에서 산 이야기,
지금 사는 이야기, 한나절을 보냈지요
 "이제 그만 따라와 어쩌자고 늙는 거까지
에미를 쫓아 오는 거니?"

여덟 자짜리 한 칸 방에 솜이불 한 장
바닥에 깔고 새끼들이 줄다리기하던 집
이리 끌고 저리 끌며, 그 집을 찾아왔지요
제 새끼들 서로 각자 달고요
엄마의 목소리가 들려요

엄마와의 하룻밤 지난날 세월의 시계가
뒤로 가고 뒤로 가네요

누구의 하루는

누구의 하루는 쌓는 하루
누구의 하루는 허무는 하루

주위를 둘러보아 보이는 게 없으면
치열한 삶이요
주위를 둘러보아 할 일이 보이면
부지런한 삶이려니…

슬픈 나무 앉은 새 슬피 울고
기쁜 나무 앉은 새 기쁜 노래 부른다네

주위를 둘러보아 자연이 보이면
여유로운 삶이요
주위를 둘러보아 내 사랑이 보이면
보람 있는 삶이려니…

누구의 하루는 쌓는 하루
누구의 하루는 허무는 하루

슬픈 나무 앉은 새 슬피 울고
기쁜 나무 앉은 새 기쁜 노래 부른다네

파리

날고 기고 핥고 비비다가
쉬익—
파리채 한 방에 맞아 뒈졌다

빨아먹고 핥아먹고
비벼 먹은 불룩 배때기!

뿌직 소리 아예 없이
터진 내장 추잡이 벽에 붙었다

날고 긴 파리의 끝은 교양이 없다

맛있게 먹고 멋있게 살며
맛나게 먹고 폼나게 살자

아껴서 먹고 귀하게 살며
고맙게 먹고 열심히 살자

덮어! 잔말 말고 덮어!
야! 빨리 덮어!
어쩌려고 그래?

야! 너─ 누구 죽는 꼴 보고 싶어?
어이쿠! 이놈이 사람 잡네!

원칙대로

원칙대로 원칙대로 원칙대로 외치더니
반칙대로 반칙대로 반칙대로 사는구나

여당도 이기고 야당도 이기고
국민만 지는 세상

공정하게 공정하게 공정하게 외치더니
불공정이 불공정이 불공정이 판치는구나

여당은 부려 먹고
야당은 이용만 하는구나!

상식대로 상식대로 상식대로 외치더니
상식이는 상식이는 상식이는 어디 갔을까

억울한 건 국민
불쌍한 건 서민이구나

법대로만 법대로만 법대로만 외치더니
제멋대로 제멋대로 제멋대로 하는구나

여당도 이기고 야당도 이기고
국민만 지는 세상

억울한 건 국민
불쌍한 건 서민이구나

밉다하고 곱다하며

밉다하고 곱다하며 하루씩 살았어요
10년이 가고 30년이 갔어요
밉다하고 곱다하며 하루씩 살고 있어요

아내가 자식 대신 내 편을 들었네요
정말 얼마만의 감동인가요?

아내가 밥하기 싫다! 빨래하기 싫다!
내가 주방을 없애자! 세탁기를 버리자!

요리를 한답시고 철없이 나섰다가
일거리만 늘렸다! 설거지나 하라시네요

밉다하고 곱다하며 하루씩 살았어요
10년이 가고 30년이 갔어요
밉다하고 곱다하며 하루씩 살고 있어요

아내의 잔소리가 없어졌네요
아주 큰 일이 났네요
아내의 핸드폰은 속 터지는 발신전용

아름다운 꽃이 피었습니다
당신의 꽃이 피었습니다
여보~ 생일 축하해요

가족 행복

퇴근길에 준비한 듣기 좋을 한마디…
(기쁘다 아빠 오셨다!)
집구석에 숨어있는 이쁜 구석 좋은 구석
(고마운 구석)

선을 보는 마음으로 잘 보려 하는 대신
잘 보이려 하신다면 가족이 행복하지요
아내의 잔소리는 바가지가 아니지요
(생활교육이지요)

싫은 말도 듣고 싫은 말도 하고요
(어른이시잖아요)

선을 보는 마음으로 잘 보려 하는 대신
잘 보이려 하신다면 가족이 행복하지요

자주 보는 꽃밭에 꽃씨를 뿌려요
(예쁜 꽃 피어나게요)
가족 사랑 마음도 마음씨로 심어요
(고운 마음 떠오르게요)

선을 보는 마음으로 잘 보려 하는 대신
잘 보이려 하신다면 가족이 행복하지요

가정은 중요한 일 직장은 평범한 일
(가장이시니까요)
어머니가 품이라면 아버지는 뭘까요?
(곁이던가요)

너는 내 새끼

젖먹이로 어려서도 밥먹이로 자라서도
술먹이로 다 컸어도 너는 내 새끼…

사랑스러우신가요? 그럼 잘- 키우는 중
자랑스러우신가요? 그럼 다- 키우신 중

젖먹이로 어려서도 밥먹이로 자라서도
술먹이로 다 컸어도 너는 내 새끼…

부부간에는 간혹가다
권태기가 있을 수 있지만

부모와 자식 간에는
끝까지 권태기가 없지요

젖먹이로 어려서도 밥먹이로 자라서도
술먹이로 다 컸어도 너는 내 새끼…

모처럼 오늘 저녁에는
삼겹살을 먹는다네요
자식이 오려나 보네요

모든 게 용서되는 너

칭찬합니다 당신을

지지합니다 당신을 응원합니다 당신을
사랑합니다 당신을 칭찬합니다 당신을

누군가를 지지하는 당신을 지지합니다!
누군가를 응원하는 당신을 응원합니다!

누군가를 사랑하는 당신을 사랑합니다!
누군가를 칭찬하는 당신을 칭찬합니다!

지지합니다 당신을 응원합니다 당신을
사랑합니다 당신을 칭찬합니다 당신을

하루를 무사히 살아 낸
당신을 지지합니다
종일토록 참고 견뎌 낸
당신을 응원합니다
남들에게 피해주지 않은
당신을 사랑합니다

오늘도 내일을 준비한
당신을 칭찬합니다

꽃잎이 날리네요

봄이 가려지네요
꽃으로 덮이더니
잎으로 숨기네요

겨우 내 열렸던
산의 문이 닫히네요
산속비밀 시작되네요

꽃잎이 날리네요
봄꽃이 떨어지네요
소리 없이 떠나가네요

풀도 하늘로 나무도 하늘로
꽃도 사람도 하늘을 보네요
오월은 양보가 없네요

계절을 가르는 철쭉
피기 전엔 봄날이지만
지고 나면 여름이지요

꽃잎이 날리네요
봄꽃이 떨어지네요
소리 없이 떠나가네요

산의 노래

봄날엔 꽃들에게 여름엔 나무에게
가을엔 단풍에게 겨울엔 흰 눈에게
내어주고 내어줘도 그저 그냥 웃는구나!

산, 산, 산 산이로다
산 너머 산이로다

산이 벗으니 사람이 입고
산이 입으니 사람이 벗는구나!

이 산에 올라서 저 산을 보지요

왜 오르냐구요? 내려가려 오르지요
왜 내려 가냐구요? 오르려 내려가지요

산꼭대기 올라가 내려보면 압니다
내가 사는 밑바닥이 얼마나 멋진지를…

산이라서 귀하고 물이라서 소중하듯
너라서 귀하고 우리라서 소중합니다

비 내리면 눈 내리면

씻을 게 많아지면
비가 내리고

덮을 게 많아지면
눈이 내리는구나

씻어 가며 덮어 가며
그렇게 사는 거구나

돌을 씻었는데도
계곡물은 맑고

물을 걸렀는데도
계곡 돌은 깨끗하구나

보일 게 많아지면
산들에 꽃이 피고

숨길 게 많아지면
계곡이 깊어지는구나

피워가며
깊어지며
그렇게 사는 거구나

가을 풍경

창문을 열었어요 내 가을이 들어왔어요
산은 부끄럽네요 청옥치마 내리면서요

고개 들어 탁주 한잔 손 내밀어 별빛 안주
궂은 비가 내려도
가을 하늘은 높고 높아요
풀벌레가 울어도 가을밤은 깊고 깊어요

여름은 햇빛이지만
가을은 달빛이지요

별꽃 가득 별별 이야기 하늘은 별 천지
가을날 꽉찬 하늘그림, 보약이네요

고개 들어 탁주 한잔
손 내밀어 별빛 안주

나팔꽃 나발 부는 계절
나불대는 세상이구요
나무는 잎으로 나는 입으로 노래 불러요

여름은 햇빛이지만
가을은 달빛이지요

여름 풍경

저 하늘이 내게 뜨겁자고 하는구나!
밤낮으로 밤낮으로 밤낮으로

여름엔 키우고 가을엔 말리지
태양이로다
태양에 맞짱 뜬 뜨거운 장미가
부러웁구나!

저 하늘이 내게 뜨겁자고 하는구나!
밤낮으로 밤낮으로 밤낮으로

저 산이 내게 시원하자 하는구나!
산이로구나
저 바다가 내게 빠져보자 하는구나!
바다로구나

저 하늘이 내게 뜨겁자고 하는구나!
밤낮으로 밤낮으로 밤낮으로

하늘의 풍장소리 요란한 난타소리
울리는구나!

안개 낀 여름 산 짙어가는 산속축제
궁금하구나!

가을 잎새

꼭―
붙어 있어라 떨어지면 낙엽이다
평생―
나무만 위해 살았다 말하지 마라

철이 든다는 건
세상에 물이 드는 걸 거야

잎새에 철이 들면
물들어 곱게 단풍이 되듯이...

너는 한평생
잘 견디고 잘 버티고 잘 살아낸 거다

꼭 —
붙어 있어라 떨어지면 낙엽이다
평생—
나무만 위해 살았다 말하지 마라

너는 한평생
잘 견디고 잘 버티고 잘 살아낸 거다

겨울밤

별꽃이 피었구나!
구름 사이 빈틈으로 길을 내어 들어오니
이 한밤 꽃이로구나!

달님이 빛나는구나!
구름 속 살 비추어 부끄러운 구름들!
이 한밤 사랑이로구나!

드문드문 몇 점별
빈 하늘 채웠구나!
차가운 바람이 턱밑으로 쫄깃하구나!

하늘 바다엔 별의 별 꿈들
하얀색 하늘 꿈들
속삭이며 사는구나!

땅 바다엔
별의 별 꽃들 붉은색 사랑 꿈들!
꿈을 먹고 사는구나!

드문드문 몇점 별
빈 하늘 채웠구나!

차가운 바람이
턱밑으로 쫄깃하구나!

오! 겨울

겨울 산을 바라보니
하늘이 넓어졌구나!

눈 덮인 설산을 보니
화장 풀(full)로 하였구나!

여름엔 풀꽃
겨울엔 눈꽃이로구나!

찬바람이 몸에 밴
검버섯 홍시를

입속에 물었더니
한겨울이 들어왔구나!

잎을 모두 떨궈내니
숨김없는 속보기로구나!

흰눈으로 덮어 주니
겨울 산도 겉보기로구나!

여름엔 풀꽃
겨울엔 눈꽃이로구나!

사랑하는 나의 임

그냥 봐도 예쁘지요
볕이 들면 더 예쁘답니다
혼자 봐도 예쁘지요
함께 보면 더 예쁘답니다

예쁜 꽃 만나면 고운 향기 스치면
같이 보고 싶어요 함께 하고 싶어요
사랑하는 나의 임

그냥 봐도 고웁지요
볕이 들면 더 고웁답니다

혼자 봐도 고웁지요
함께 보면 더 고웁답니다

예쁜 단풍 만나면 고운 바람 스치면
같이 보고 싶어요 함께 하고 싶어요
사랑하는 나의 임

그냥 봐도 멋지지요
해 맑으면 더 멋지답니다
혼자 봐도 멋지지요
함께 보면 더 멋지답니다

멋진 산 만나면 멋진 바다 만나면
바다 바람 스치면 같이 보고 싶어요
함께 맞고 싶어요 사랑하는 나의 임

첫눈

첫눈이 내립니다
첫사랑 같은 눈이 내려옵니다

이제나저제나
기다리던 첫눈이 옵니다
첫사랑은 예고도 없이 왔었지요

첫눈이 내립니다
첫사랑 같은 눈이 내려옵니다

잊지 못할 첫사랑이 첫눈에 실려
어느새 기억 속에 들어옵니다

첫눈이 내립니다
첫사랑 같은 눈이 내려옵니다

깊숙이 숨었던 추억 첫눈이 열었네요
마음속에 깊숙이 묻어 둡니다

첫눈이 내립니다
첫사랑 같은 눈이 내려옵니다

사랑하는 마음

당신을 사랑하는
내 마음의 길이를 재어 줄 수 없어요
재면 잴수록 길어지기 때문이지요
당신을 사랑하는
내 마음의 깊이를 알려줄 수가 없어요
파면 팔수록 깊어지기 때문이지요
당신을 사랑하는
내 마음의 넓이는 가늠할 수 없어요
가늠하면 할수록 넓어지기 때문이지요

나를 사랑하는 당신의 마음도
재어 보고 싶어요 파 보고 싶어요

가늠하고 싶어요 할 수만 있다면요

당신을 사랑하는
내 마음의 높이를 알려줄 수 없어요
재면 잴수록 높아지기 때문이지요
당신을 사랑하는
내 마음의 크기를 알려줄 수 없어요
보면 볼수록 커지기 때문이지요
당신을 사랑하는
내 마음의 무게를 알려줄 수 없어요
달면 달수록 무겁기 때문이지요

나를 사랑하는 당신의 마음을
재어 보고 싶어요 달아보고 싶어요
알아보고 싶어요 할 수만 있다면요

우리 걸어요

우리 걸어요
이 땅을 걸어요 자연을 걸어요

우리 굴려요
지구를 굴려요 힘찬 발걸음으로요

나무는 뿌리지만
사람은 다리지요

우리 걸어요
걸을 수 있을 때까지

우리 디뎌요
이 땅을 디뎌요 튼튼한 두발로요

우리 밟아요
이 땅을 밟아요 보리밭 밟듯이요

뿌리로 꽃이 피고
다리로 활기차지요

우리 걸어요
걸을 수 있을 때까지

닥터 허 커피

커피 한 잔 하실래요
닥터 허 커피
커피 한잔 마셔요
치악산의 아침

커피 속에 마음도 담고
로스팅에 음악도 심는

커피 한 잔 하실래요
닥터 허 커피

치악산 자락에 있지요
혁신도시에 있어요
커피를 마시며 마음을 나눠요
정을 나누어요 사랑을 느껴요

닥터 허 커피 속엔
아침이 들어 있지요
치악산의 아침
나누는 마음

커피 한 잔 하실래요
닥터 허 커피
커피 한잔 마셔요
치악산의 아침

발왕산

청춘이 스키처럼 춤을 추고
사랑이 보드처럼 달리는 산
나라 임금 기운이 산 전체에 서린 영산
엄홍길이 이름 지은 엄홍길의 엄홍길
힘들게는 걸어가고 손쉽게는 케이블카

그대여 기억하시나요?
그 겨울 대관령 드넓은 하얀 세상!
우리의 추억이 담겨있는 곳
그대여 생각나시나요?
발왕산 스키장 아름다운 눈꽃 세상!

우리의 사랑이 숨어있던 곳

청춘이 꽃잎처럼 활짝 피고
사랑이 주목처럼 단단한 산
정상 부근 천년나무 250주목이 널린 산
발왕산 정상 길, 무장애길, 데크 길
우리 사랑 피어난 산 세계평화 기원한 산

그대여 기억하시나요?
그 여름 대관령 참 고운 들꽃 세상!
우리의 사랑이 꽃피우던 곳
그대여 생각나시나요?
발왕산 전망대 훤히 트인 하늘 세상!
우리의 미래를 꿈꾸던 곳

용화산

석가는 보리수 밑에서
깨달음을 얻었고
미륵은 용화수 밑에서
성불을 하였도다

새남바우는 새가 나는 모습이고
곰바우는 곰이 내려보는 모습이라

만장봉 너럭바위 하늘벽 촛대바위
층층바위 득남바위 신비롭도다

바위틈을 비집고 천 년 사는 소나무
용트림하는 모습 아름답구나

고대국가 맥국 흔적 고갯길로 남아
인생의 허망함을 달래는구나

100대 명산 용화산 철 따라 다른 모습
오늘도 이 마음 설레었구나

표창합니다

표창합니다! 귀하를 표창합니다!
표창합니다! 진심으로 표창합니다!

하루하루를 무사히 살아낸 공로로,
귀하를 표창합니다!
종일토록 참아내고 견뎌 낸 장함으로,
귀하를 표창합니다!

표창합니다! 귀하를 표창합니다!
표창합니다! 진심으로 표창합니다!

자신을 위해,
타인에게 피해 주지 않은 모범으로
귀하를 표창합니다!
오늘도 내일을 준비한 근면으로,
귀하를 표창합니다!

축하합니다! 귀하를 축하합니다!
진심으로 축하합니다!
칭찬합니다! 귀하를 칭찬합니다!
진심으로 칭찬합니다! 칭찬합니다!

돌멩이 한 개를 돌탑 위에 얹었어요

돌멩이 한 개를
돌탑 위에 얹었어요
내 마음이 되었어요

손해는 돈 값이고
서운은 마음 값이지요

자신을 너무 믿지 마세요
잘 아시잖아요

시간은 많아요
여유가 없을 뿐…

미루고 미루다
미룬 걸 잊었네요

마음을 들켜 주세요
눈치 없는 그에게요

돌멩이 한 개를
돌탑 위에 얹었어요
내 마음이 되었어요

마음은 짓는 거래요

마음은 얻는 거래요 마음은 짓는 거래요
마음은 주는 거래요
마음은 사는 게 아니라 얻는 거래요

입으로 먹는 보약은 건강을 지켜주지만
관계로 얻는 보약은 사람을 지켜주지요

마음은 먹는 게 아니라 짓는 거래요
정성으로 가득한 한 그릇을 만드는
기도, 사랑의 밥을 짓는 거래요

마음은 파는 게 아니라 주는 거래요
좋은 사람 만나긴 쉽지 않다지요
좋은 사람 되기도 어려울까요?

당신이 나의 기댈 언덕이듯
나 또한 당신의 기댈 언덕이 되고 싶어요

월악산

동양의 알프스 월악산에는
세 개의 봉이 우뚝 섰지
하봉, 중봉, 영봉이로다!

월악산에 올라서 세 개 봉을 안 보면
올랐다고 할 수 없지
월악산 들머리는 보덕암의 보덕굴
깨달음을 얻고 싶네

바위산 암릉산 돌계단 철계단
악! 소리가 절로 나네

월악산은 대한민국 3대 악산!
설악, 치악, 월악산

월악산 하봉에서 충주호를 내려보네
저 하늘을 날고 싶네
월악산 중봉에서 주흘산을 바라보네
산 넘어 산이로다

월악산 영봉에서 신선경치 보았네
신선놀음하고 싶네
월악산 하산길에 덕주사, 덕주공주,
마애여래, 약사여래!

청량산

원효대사 퇴계 이황 공민왕
천하 명필 김생의 생생한 흔적들
마음이 쉬는 곳 청량산에 올라 보세
청량산은 맑고 푸른 최고 명당산
오래전엔 청량산이 바다였다네
커다란 바위에 몽돌이 박혀 있네

일제가 저지른 송진 수탈 흔적이
민족의 아픔으로 곳곳에 남았네
아픈 상처 이기고 끝까지 살았네
자소봉 보살이 김생을 모신 덕에

탁필봉에 앉아서 십 년이 넘도록
연적봉이 닳도록 붓질을 하였네

하늘이 흔들리는 하늘다리 건너
역암이 솟아난 장인봉에 오르네
우뚝 선 장인봉은 청량산 어른 봉
마이산 암마이봉 수마이봉처럼
6천5백만 년 전 바다였던 봉우리
명필 김생 글이 정상석 자리했네

청량산 하산길 천년고찰 청량사
세 뿔 난 누렁소 삼각 우송 소나무
원효대사 머문 길 내 마음 멈췄네

진심과 감동이 빚은 사랑 노래

– 최기창 한줄시집 『시가전』을 읽고

최봉희(계간 글벗 편집주간, 시조시인)

'통즉불통(通卽不痛) 불통즉통(不通卽痛)'이라는 말이 있다. 허준의 『동의보감』에 나오는 말이다. 이 말은 "통하면 아프지 않고, 안 통하면 아프다"는 뜻이다. 이것은 몸에 대한 이야기지만, 사회 역시 마찬가지다. 소통에는 막대한 예산이 들어가거나 엄청난 노력이 필요하지 않다. 오로지 진지한 만남과 용기가 필요하다. 시도 그렇다. 통하면 살고 막히면 죽는다.

최기창의 한줄노래집 『시가전(詩歌展)』을 읽고 느낀 점을 말하면 바로 소통의 힘이 매우 강하다. 그 이유는 사랑을 담은 한 줄의 시와 마음을 담은 따뜻한 한줄 노래에서 재치와 공감이 발현되기 때문이다.

독자의 마음을 얻으려면 먼저 독자의 마음을 읽어야 한다. 마음은 회의와 같은 공식 석상에서가 아니라 잡담과 수다, 낙서와 같은 작은 이야기를 통해 드러난다.

최기창 시인은 강원도 거주하는 문학박사이자 경영학 박사로 현재 상지대학교 교수로 재직 중인 시인이다. 더불어 『돌담한줄』1권, 2권, 『인생한줄 웃음한줄』, 『사랑한줄 마음한줄』, 『가족한줄 계절한줄』을 펴낸 바 있으며, 이번에 출간하는 『한줄노래 시가전』을 포함하여 여섯 번째 시집을 상재(上梓)한 셈이다.

마음은 얻는 거래요 마음은 짓는 거래요
마음은 주는 거래요
마음은 사는 게 아니라 얻는 거래요

입으로 먹는 보약은 건강을 지켜주지만
관계로 얻는 보약은 사람을 지켜주지요

마음은 먹는 게 아니라 짓는 거래요
정성으로 가득한 한 그릇을 만드는

기도, 사랑의 밥을 짓는 거래요

마음은 파는 게 아니라 주는 거래요
좋은 사람 만나긴 쉽지 않다지요
좋은 사람 되기도 어려울까요?

당신이 나의 기댈 언덕이듯
나 또한 당신의 기댈 언덕이 되고 싶어요
 - 한줄노래 「마음은 짓는 거래요」전문

 위의 시를 살펴보면, 반복법을 활용하고 구어체를 활용하여 친근감을 가져다 주는 동시에 우리의 마음을 살포시 건드린다.
 최기창 시인의 시적 특징은 한마디로 '작은 이야기에 귀를 기울인다'는 점이다. 특별히 작은 이야기 속에 담긴 의미를 찾아서 자신이 깨달음과 성찰로 노래하듯 시를 쓴다. 더불어 다른 사람의 마음을 얻고자 공감의 언어를 사용한다는 점에서 특별하다. 다시 말해 새로운 이야기 속에서 자신만의 진심을 담고 공감을 일으키는 철학이 담긴 시와 노래를 짓고 있다.

글의 힘은 크기나 길이가 아니라 재미와 흥미에 있다. 시에서 어쩌면 재미는 단순히 힘이 아니라 글의 생명이다. 재미가 없는 이야기는 관심을 두지 않기에 존재할 필요가 없다. 재미가 꼭 박장대소, 키득거릴 수 있는 요소만을 뜻하는 것만은 아니다. 재미의 본질은 유머가 아니라 감동이다.

좋은 시나 글은 마음을 움직인다. 마음을 움직이는 글은 감동이 따르고 재치를 번뜩이게 한다. 최기창 시인의 시와 노래가 그렇다. 읽을 때 공감을 하면서 읽고 난 후에 빙그레 웃음이 도는 그런 '한줄시', '한줄노래'라고 말하고 싶다.

사랑 노래

꾸르릉 꾸르릉
꼬로롱 꼬로롱

입이 열리네
봄이 열리네

 개구리의 울음을 '봄이 열리는 사랑 노래'라고 말한다. 재치 있는 한줄시다. 우리들은 어린 시절부터 말을 배우면서 삶을 배웠고 세상을 배운다. 사람이 만든 말이 삶을 만들고 자신이 살아갈 세계를 열어간다.

 이에 최기창 시인은 새로운 삶을 준비하는 모든 이에게 사랑의 마음으로 돌아가서 새롭게 말을 배우자고 말하는 듯하다. 자신의 삶에서 언어의 새로운 의미를 발견하고 그것을 독자들에게 나누고 있다.

 생각한 것, 탐구한 것, 느낀 것, 믿는 것, 기록한 것, 꿈꾸는 것, 읽는 것, 사전에 나오지 않는 것 등, 그 말의 의미를 독자에게 묻고 자신의 생각을 적고 있다. ,

 최기창 시인의 한줄노래 『시가전』에 가장 많이 등장한 어휘는 사랑(103회), 하늘(32회), 노래(28회), 바다(18회) 등이다.

     사랑엔 없어 없는 거야

사랑엔 없어 없는 거야

사랑엔 눈이 없어
보이지 않아도 볼 수가 있고
사랑엔 귀가 없어
들리지 않아도 들을 수 있어요

사랑엔 크기가 없어
아무리 커도 담을 수 있고
사랑엔 깊이가 없어
아무리 깊어도 갈 수가 있어요

사랑엔 시간이 없어
놀아도 놀아도 지치지 않고
사랑엔 문이 없어
잠가도 잠가도 열 수 있어요

사랑엔 없어 없는 거야

사랑엔 없어 없는 거야
— 한줄노래 「사랑엔 없는 거야」 전문

　시인은 사랑에 관한 시를 한줄 노래로 수미상관법을 활용하여 그 의미를 강조하고 있다. 사랑에 대한 진심과 시인이 느낀 감동을 담은 깨달음이 있는 사랑 노래다.

꽃이 피면 꽃이 펴서
꽃이 지면 꽃이 져서

사랑해

꽃이 펴서 사랑해
꽃이 져서 사랑해

널
사랑해
— 한줄노래 「널 사랑해」 전문

　우리의 전통적인 시 창작 기법은 선경후정(先景後情)이다. 앞

부분에 경치나 상황을 전개하고 뒷부분에 시인의 마음을 담은 감정을 표현한다. 한줄노래도 역시 그렇다. 선경후정의 기법을 활용하여 시인의 깨달음을 담고 있다.

마무리하자면, 최기창 시인의 한줄노래는 사랑에 대한 진심과 감동을 담았다. 위트와 유머, 그리고 깨달음을 동반한 선경후정과 수미상관법, 반복법을 활용한 인생시라고 말하고 싶다.

좋은 시는 '마음의 고요'를 노래해야 한다. 더불어 '깨달음의 깊이'를 노래한다. 그 다음에 자연스럽게 철학이 담긴 시가 좋은 시라고 말할 수 있다.

최기창 시인이 시는 좋은 시다. 오늘도 느낀 감동을 한줄의 시로, 한줄의 노래로 SNS나 시집을 통해서 독자들에게 전하고 있다.

작은 바람이 있다면 짧은 한줄의 노래를 디카시로 담아보면 어떨까 생각한다. 다시금 시집 출간을 축하하며 많은 독자들의 관심과 호응을 기대한다.

MEMO

MEMO

■글벗시선 237

인쇄일 2026년 1월 28일
발행일 2026년 1월 28일
지은이 최기창
펴낸이 한주희
펴낸곳 도서출판 글벗
주 소 경기도 연천군 현문로 433-32 종자와시인박물관 내
전 화 031-834-9493, 010-2442-1466
팩 스 031-834-9498
출판등록 2007. 10. 29(제406-2007-100호)
ISBN 978-89-6533-312-8 04810

이 책의 저작권은 지은이에게 있습니다.
이 책의 일부 또는 전체에 대한 무단 복제 및 전재를 금합니다.